菅谷弘子歌集

夕桜

青磁社

序　哀しみと美と強さと

江戸　雪

菅谷さんとは、私が大阪倶楽部の短歌部の講師になってからのお付き合いで、もう六年は経つだろうか。月に一度の二時間に、広く深い人生経験をもとにしたいろいろな話を、短歌を通してお聞きする。ときに心の奥底が垣間見える短歌を読み合うつながりは、ふつうに出会うよりもはるかに短い時間で、不思議なほど濃密なものになる。菅谷さんともそうした関係を築けていると勝手ながらおもっている。

そしてこのたび、待望の歌集が刊行される。当然のことながら、とても嬉しい。そこで、菅谷さんの歌の魅力をすこし紹介させてもらう。

葉を落とし地に深く沁む秋の雨牧師の説教今朝は身に沁む

しづかなる老いの散歩の落葉みち冬の木はみなあはき影曳く

傷心を光求めて岡登る桜の冬芽の凛と立ちをり

一首目。色づいた葉を散らす秋雨がじっとりと地に沁み込んでいくように、牧師が語る説教が静かに心身にすべりこむのを感じている。

二首目は冬の散歩道。落葉が積もる風景は自らの老いとどこかで繋がる。寂しい道を歩きながら、ふと冬枯れの木々の影が薄いことに気づいたのだ。影の濃淡という微かな差異を感知していることに驚く。

三首目。心が傷んでしまった日。その心持ちを誰に伝えるでもなく、ただ光をもとめて岡に登った。体にすこし負荷を与えることによって心が軽くなることもあるかもしれない。岡の上の寒さのなか、力強く芽吹く桜に出会い、また新たに歩きはじめようという決意が見える。

これらの歌は透き通るような感性に貫かれている。そして、強さ。老いや落胆は日常に入り込んでくる。それをいったん哀しみはするのだが、また顔をあげて歩き出す。その様子は美しくもある。

画家たりし義母の遺品の雛の軸三代守り次に伝へむ
若みどり陽を照り返しちかちかと白き光の矢となりたるか
落葉松はかずかぎりなくことごとく夕日を浴びて雪のごと降る

義理の母は著名な日本画家で、厳しい、芸術家肌の人であったそうだ。一首目では、遺品の軸を大切にすることで、義母を憧れ続ける気持ちがうかがえる。

二首目の陽にかがやく新芽を「白き光の矢」に見立てているところ。三首目ではとめどない落葉が雪のようだという比喩、そして「かずかぎりなくとごとく」という鋭く勢いある言葉運び。このように菅谷さんはきらりと光る大胆な表現をすることがあり、血はつながっていないけれど義母の精神を受け継いでおられるようにも感じる。

肺までも緑に染まる五月来る重い腰上げ山に登らむ
八甲田山に抱かれ眠り真夜に聞くブナ山よりの唱名の声
信濃路の秋深く入る王ヶ頭雲海上の槍ヶ岳美し

山の歌をひいてみた。菅谷さんの山の歌は、ほかのどの題材よりものびのびと、そしてよろこびに満ちている。

一首目。新緑が肺まで緑に染めるとは、これものびやかな感性による表現。そしてそんな爽やかな気分は山に向かう心へと繋がってゆく。

二首目と三首目は、菅谷さんが特に気に入っているとおっしゃっている「八甲田山」と美ヶ原の最高峰「王ヶ頭」。ブナ山から聞こえる念仏を唱える声は畏れとともに詠われ、また、標高二千メートルを超える王ヶ頭から見た槍ヶ岳の無二の美しさをまっすぐに表現する。これらの歌に接するだけで、どれほど山を愛しているかが分かる。

飛行機がスーパームーンをすぎる夜は亡夫《つま》のピアノの音澄みわたる
どの椅子もあなたが良しと買ひしもの座りつづけるあなたを見てる

菅谷さんは二十数年前、夫を六十六歳で亡くされたそうだ。一度、お宅の応接間にあるグランドピアノを菅谷さんが弾かれるのを聞いたことがあり、その清らかな音色に宿る思い出の数々を感じたのを覚えている。ピアノの周りには亡夫の写真が何枚も飾られ、使われていたという机もそのまま遺されていた。今は、菅谷さんが使われているそうだ。まるで時がそこだけ止まっているような、哀しくも美しい空間だった。大きく空を見せてくれる出窓があり、飛行機が大きな満月をよぎるときに音色が深みを増すと一首目で詠っているのも、きっとあの出窓から外を眺めておられたのだろうなと想像する。

音楽はつい琴線に触れ過ぎて夫死にしあとの楽無き月日
死ぬ前の留守番電話の声を消し心の奥に封じ込めたり
夫の二十回忌子にも云はずに墓参して帰れば闇より「おかえり」の声
あの夏のアグリジェントの丘に立つ君が昨夜も夢にあらはる

一首目は、夫が亡くなってすぐの頃だろう。どんな曲を聞いても夫を思い出し辛くなってしまうので遠ざけていた沈黙の時。そのなかで哀しむしかなかった月日をおもうと胸がしめつけられる。

二首目。留守番電話に夫の声が遺っている。繰り返し再生してしまう。そんな時期が過ぎたあと、自分だけの記憶として封じ込めたくなった。この感覚は経験したものにしか分からないのかもしれない。声が消えてしまうことの怖さを超え、永遠の記憶としようとしたのだ。

夫の死の哀しみを抱きつづける日日。それを家族が支えてくれている。三首目では、二十回忌だとそれを殊更に云わないこともあるのだろう。一人で墓参して帰ったときに掛けられた「おかえり」に、家族もまたその日を覚えていたことを察知したのだろう。

四首目のように、また逢いたいと願い続ける歌は何度読んでも涙をさそう。シチリアに旅行したときの、アグリジェントの丘に立っていた「君」はどんな表情をしていたのだろう。

こうした夫の挽歌は、菅谷さんの歌の大きなテーマであり、その寂しさや哀しみは、一見関係のない事物を詠った歌にもうっすらと影をおとすことがある。


丘に来てトランペットを吹く彼の汗の背中をそつと見て過ぐ

散歩の途中に出会った青年の歌。トランペットを一心に練習している背中に汗がにじんでいる。その若さをまぶしんでいるのだが、どこか亡き夫と重ねているようにも読めて、歌に流れる悲哀と美が重層的に伝わってくる。

このあと菅谷さんの歌を読者にじっくり味わってもらうのに、紙幅を費やしすぎたようだ。最後に歌集名にもなった歌を含む、犬の歌を紹介して筆を置きたい。

あの時のあの哀しみの夕桜花下を静かに白き犬行く
木の実降る音にも犬は聡くして人と同じく秋惜しむらし

犬は菅谷さんにとって大切な存在なのだと、向けられている視線のやさしさから感じ取れる。「あの時」はまさに、夫の死を予感した時だと聞いている。深い哀しみを抱えて見上げた夕桜はいつまでも胸を去らない。いま、その桜の下を清廉な白犬がゆく。それを天からの使いのように感じている。二首目では木の実の落ちる音に反応する犬。言葉はなくとも、季節の移ろいをともに感じてくれるだけで安らかになるのだろう。

印象深い歌をあげていくときりがない。

さて、菅谷さんの、潔く美しい歌を堪能してもらう時間だ。読み終わったあと、読者の世界の色や音がすこしやさしくなっているだろうと予感している。

夕桜＊目次

菅谷弘子歌集

夕桜

朝明け

過ぎゆきしかなしみごとの年古りて耐へ来し
吾も傘寿となりぬ

冬至湯の柚子の香に咽せ思ひ出す彼岸の人と
吾との近さ

年の瀬のコンサート果て夫と行くライトアップの銀杏散る中

主亡き書斎の窓の冬もみぢこの景色まで夫の
遺産か

音楽はつい琴線に触れ過ぎて夫死にしあとの
楽無き月日

目覚むるほど切なき夢を見しあとは夜が白むまで胸高鳴れり

賀状辞退のはがき数枚吾も同感終活とふは人
切ることか

薄氷《うすらひ》を寡婦のごとしと詠みし日よ二十年過ぎ
厚氷踏む

朝明けの中に現れたる自転車はアルマーニの
香のこして消えぬ

死ぬ前の留守番電話の声を消し心の奥に封じ
込めたり

はらからの一人も欠けず薺粥膳ととのへば雪
降り初むる

冬満月

きらめける冬の星座を湖畔より仰げばミュオン身を貫けり

裕子詠みし昏き器の近江に来エイトを漕ぎし
人を思へり

負けるが勝ちを貫き通し生きて来ていつ自爆
するこのストレスは

飛行機がスーパームーンをすぎる夜は亡夫《つま》の
ピアノの音澄みわたる

あふれつつ告げざりしまま逝かしめて罪なき
身とは冬満月よ

逝く時はやり残ししを夢の中夫を抱けば吾より熱き

双子座流星群

いつよりか涙流して泣く事の出来ぬ齢か星の
流るる

ひたひたとコロナの足音迫り来る「魔王」聞
きゐし夜のしじまを

青信号

青信号次も行かうと君はいふいつ赤になるこの信号は

大鷲が今鴨啌へ飛び立てる皆見上ぐる中ああ
落したり

若き日のロマンスの夢目覚め良き今日一日は
若くありたし

いつも君は振り向かないと言はれつつ心の渦
に巻きこまれゐし

サリドマイド

七年も眠りしままに逝きし友薬害訴訟のリー
ダーたりし

身ほとりに病む友増えて懸案の遺言書けり感
謝を添へて

三十三間堂

千体の仏を前にあつきものこみあげきたり御
仏美しき

流氷

待降節のローソク三本揺らぎをり吾の揺らぎ
は主よとどめませ

うきうきとはらからに会ふ上京の車窓より見る富士の笠雲

流氷へ砕氷船の突つ込める瞬間ぐらり吾も傾く

まだ我に童心かくも残れるや流氷砕きし夜は
眠られず

わが心なぐさめかねつ冬の月喪中はがきの字面潤みて

固有名詞普通名詞も失念しいよよ我が身に迫り来るもの

亡き犬のハウスの跡の白木蓮次の犬来て伐採
されし

紀の国の海を見ながら月光の露天湯に入り友
偲びけり

妻ならば喪服姿が美しと人は言へども夫は見られず

バベルの塔まさに今の世象徴す閉館前のコーヒー苦かり

「痴呆が来たの」友は言ひたり息呑んで流れる雲の茜色見る

きさらぎのけはしき光《かげ》は今日尽きぬその風ふ
はと髪を撫でゆく

夕桜

授業抜け御所に寝そべり一点を共に見上げし
若き日ありき

声放ち泣きにし春のめぐり来る余命とふもの
知るや夕桜

海外にて二首

晩鐘に教会へ行く三世代島より外へ出でぬ生
涯

コリントの廃墟に住める大とかげ刻めるギリ
シャ文字を這ひをり

白秋の等身大の写真見て小さくなりしデスマスク見る

画家たりし義母の遺品の雛の軸三代守り次に伝へむ

数万の人死にゆきし殉教の原城址いまは猫の
憩へり

永眠者への祈りで始まる同窓会雨だれ窓をし
めやかに打つ

あの時のあの哀しみの夕桜花下を静かに白き
犬行く

うららかに洋弓の的射手を待ち光を競ふ矢の
飛びきたる

屋根替へて赴任の夫を待ちし頃余生に限りあ
ると思はず

ばらの花贈りつづけて友は逝き我が誕生日そ
は鎮魂の日

土筆

観梅に行きたしされど足癒えず犬ふぐりの瑠璃飽かず眺むる

枯野来て寒あやめ二輪咲きくるるその紫に春
心湧く

摘んで来し土筆の多さ叱られてせつせとはかま取りにしあの日

土筆つむ膝かばひつつ七十年続く楽しみ今も
止められず

花吹雪まともに受けて目をつむる西行偲ぶ花
の寺なり

花時の済みて心の鎮まれるかの若き日の激情
に似て

南北の鴨の陣消え大淀は蘆の中まで春の日光る

葉桜へ移ろふ風情を見てゐたり君の最期のま
なざしを　ふと

宮滝へ曲る吉野路おぼろにて落武者らしき花影見ゆる

ほととぎす

若みどり陽を照り返しちかちかと白き光の矢
となりたるか

瓜坊に弁当ねらはれ一散に逃げし日遙かああ
万緑よ

鳴き出してわれもわれもとほととぎす猪のぬた場も六甲の初夏

録音の声もピアノも拒絶して記憶の中のそれのみなつかし

どの椅子もあなたが良しと買ひしもの座りつ
づけるあなたを見てる

五人みな道しるべ見ず道尽きし蝮草群れけも
のみちなり

北国の春まだ寒し北きつね山より下りて列車
眺むる

一粁の群落つづく水芭蕉吾を迎へて顔上げて
咲く

釧路

湿原は霧につつまれ茫漠と世の始まりの混沌のごとし

白黄色ときに紫春の野に心頭は空脚のみ重し

連翹が春をつれ来し野山行く黄色のセーター
あわて取り出し

ひとつづつ喪ひてゆく晩年か登りたき山初冠
雪なるに

幹つたふ雨のいくすぢ雨の日は犬も濡れゆく
雫を垂れて

名も知らぬ白き花咲く森を抜けまだ見ぬ世界
果てなくあらむ

花吹雪まともに受けてよろめける宇宙の創造
なぜか感じつ

遠き日に誰か歩みし道なれば樹々はしたしく
五月の風呼ぶ

父の日

父の日にいまはの別れの笑み想ふ幸せだつたとたしかに聞けり

父の日に二児の父なる次男《こ》を招く庭の紫陽花
淡紅色《ピンク》に光る

君在さぬ我に遺りし二十余年子らと遺品を捨てる父の日

肺までも緑に染まる五月来る重い腰上げ山に
登らむ

水抜きの池にむらがる鷺の数そこに拡ごる天

国地獄

夕暮は新緑特に蒼深く小雨の中を傘ささず行く

高野山

あの世では武田上杉並びゐて沙羅双樹立つ高野山なり

死に際を思ひてありしか人数多墓並びゐしその苔むすを

老杉の根元より三つ分かれして幾星霜の興亡
見たるか

新茶の香遺し逝かれし君偲ぶはんなり続く京
ことばなど

風そよぐ宇《う》治《ぢ》川の流れの滔々といにしへ人も
裳裾濡らさむ

奥歯一本抜きしのみなり身のどこか大き穴あき風の吹き抜く

草しらみ犬より多く付け戻る短歌《うた》一首だに拾
はざりしに

夜空澄み我にまたたく青き星夫と思ひしあの
日忘れず

振り向けば墓石傾き始めたり吾を追ふかの竹
風激し

スマホ見る能面の如き若きらのリュックに見
せる唯一の個性

八甲田山

酸ヶ湯温泉千人風呂とふ混浴もむかしはもつとおほらかなるに

八甲田山に抱かれ眠り真夜に聞くブナ山より
の唱名の声

トランペット

渇きたる我がたましひのごとき庭ひたすら水
撒き心も潤ふ

丘に来てトランペットを吹く彼の汗の背中を
そつと見て過ぐ

怠ればはびこるどくだみは夜目にも十字
白く聖なり

県境の長きトンネル抜けてより山一面の藤の
むらさき

会津城の赤き瓦に流されし血のにほひふと身
ぬち吹き抜く

長き留守にあぢさゐまさに枯れむとすわが命
とも水やり必死

木犀の金銀香る屋敷奥百才の母堂隠れ住むらし

記紀の世の前方後円墳の辺をまほろばしかと
感じつつ行く

那谷寺の芭蕉詠みたる石仏を今は老若登山楽しむ

身ほとりに夫を逝かせし友ふえて家路いそがぬ習ひ哀しも

通販に頼みて忘れし品届く我はふはふは何処へ行くや

名に惹かれ浅井ゆかりの須賀谷温泉お市も愛
でし湯に身を沈む

熊ぜみの八日目の声降りしきりコロナ禍の中
悔いなく鳴けよ

爪伸びるひそかな刻は我が命天に近付く大切
な刻

東北の旅

山形の人皆優し謙虚さは被害なきこと詫びる
までして

水満ちて池にもどりし鷺一羽微動だにせず我
も動かず

庭さはりどくだみ臭ふ顔洗ひ褒美に夜は海老
蔵を観る

さまざまに見る夢ありて登れどもその先が無
く動悸激しき

七十年散りつ咲きつをくり返し百日紅は嵐を
耐へぬ

茂らせて咲かせて虫を寄せつけずどくだみ今
日は使命を終ふる

掌中の震へる蟬を逃がしやるあと幾日の命と
思へば

ひぐらしの中の墓参も二十年天龍寺の蓮閉ぢてをりたり

夫の二十回忌子にも云はずに墓参して帰れば
闇より「おかえり」の声

シチリア

あの夏のアグリジェントの丘に立つ君が昨夜
も夢にあらはる

この夏は樹々の茂みも猛々し木槿の花の楚々
なるが美し

岩風呂に蜩を聞くさまざまな別れもありし有
馬の夜

対岸の幽暗の森闇につと寄り添ふは誰ぞ螢飛びけり

何見ても詩心湧かぬこの日頃百日紅は今日ぞ炎上

船遊び

船遊びかくも楽しく歌を詠み余生流れに託するがよし

人住まぬ隣家は工事待つ気配真闇の庭を虫の
みすだく

鍵付きの文箱に在りし夫の文時空を越えて我
を絆《ほだ》せる

また一人病む友増えしこの秋は足音ひたと我
にも迫る

信濃路の秋深く入る王ヶ頭雲海上の槍ヶ岳美し

台風よ来るなら連れて病窓《まど》に来よ星のかけら
と羽根ある天使を

我が庭は病む間すすきの原と化し我を巻き込
み風に倒るる

秋雨のにほひはどこか生臭く隣家より洩る一
周忌の経

紅白の彼岸花咲く池の道此岸に佇つ吾を君見
たまふや

木の実降る音にも犬は聡くして人と同じく秋
惜しむらし

葉を落とし地に深く沁む秋の雨牧師の説教今
朝は身に沁む

香り来る金木犀を独り占め朝の散歩は亡夫《つま》も
後に

ゆつさりと疏水を覆ふ冬もみぢ亡き人みんな
吾を守りくれる

しづかなる老いの散歩の落葉みち冬の木はみなあはき影曳く

山深き七栗の湯に身を沈め肌なめらかに夜長
楽しむ

ゲリラ雨に薙ぎ倒されし庭すすきみな立ち上
がる十三夜には

逝く秋の空を流るる雲の下この地最期の地と
ならまほし

そのかみの西行定家月見せる広沢の池紅葉染
まりて

千年の時空を超えて西行と同じ月見る広沢の
池

賜りし白ばら一枝少し揺れ夜の光に甘き香放つ

夜の電話に背《そびら》の闇も伝へきて友慰むる言あらなくに

今年またここにひとむら曼珠沙華私の秋をつれて来るかな

落葉松

落葉松はかずかぎりなくことごとく夕日を浴
びて雪のごと降る

池に映ゆるメタセコイアの黄金《こがね》色泳ぐ鯉まで
黄金に染まる

太閤の愛でし有馬の紅葉を天から見しかマスクの吾をも

傷心を光求めて岡登る桜の冬芽の凛と立ちをり

冬木立敗れし兵士の並び立つ明日を信じる誇りのありや

枯蓮の池の花托のるいるいと頭を垂れるさま
ホロコースト思はす

正　月

虚子詠みし貫く棒の無き元旦年玉用意と合鴨

雑煮

吾にのみ理解《わか》る俳句の賀状来る吾もさりげなく短歌で応ふ

おほどかな井伊家の内裏雛人形喧騒知らで幾
星霜や

ちかちかと芽吹く榠樝とほのぼのとつぼみふ
くらむ桜を眺む

七草の三草のみ摘み粥を煮る雪のちらつくコロナ禍の中

時移り人変れども容保の名に咲き都守り来し
桜

西空に木星土星並びゐて六十年後は星から見
るやも

あとがき

大阪倶楽部の短歌部に参加させていただき短歌を始めて四半世紀が過ぎた。又、平成二十五年に合同歌集『あかね雲』を出してから七年が過ぎた。江戸雪先生を新しくお迎えして自分の短歌に対する姿勢も少し変化したと思う。その割に進歩は出来なかったかもしれない。

二〇二〇年はコロナ禍にみまわれ、心ならずも短歌会を欠席する事も多かった。二〇二一年もまだ先行きが見えない。

そんな中で今年、八十五歳になり、長い自粛期間にさまざまなことを考えた。少し長く生き過ぎたかもしれない、そう思うこともあるけれど八十五歳を記念して歌集をまとめてみようと思い立った。

夫が六十六歳の働き盛りに膵臓がんで亡くなった。まだ六十一歳で独りになって「これからとても独りでは生きられない」とさえ思ったが、家族や親友に恵まれ、短歌にも出会い、悔いなく自由に生きる事が出来た。

この歌集は、まことに拙いながら自分の生きた証として遺言のつもりでまとめてみたものである。たとえ一首でも共感していただけたら幸いである。

ここに至るまで、江戸先生のお導きがなければとても成し得なかった事であり、心から深く感謝申し上げます。本当にありがとうございました。

二〇二一年二月

菅谷　弘子

歌集　夕桜

初版発行日　二〇二一年五月二十五日
著　者　菅谷弘子
吹田市藤白台四―三二―七（〒五六五―〇八七三）
定　価　二〇〇〇円
発行者　永田　淳
発行所　青磁社
京都市北区上賀茂豊田町四〇―一（〒六〇三―八〇四五）
電話　〇七五―七〇五―二八三八
振替　〇〇九四〇―二―一二四二二四
http://seijisya.com
装　幀　上野かおる
印刷・製本　創栄図書印刷

ISBN978-4-86198-498-3 C0092 ¥2000E